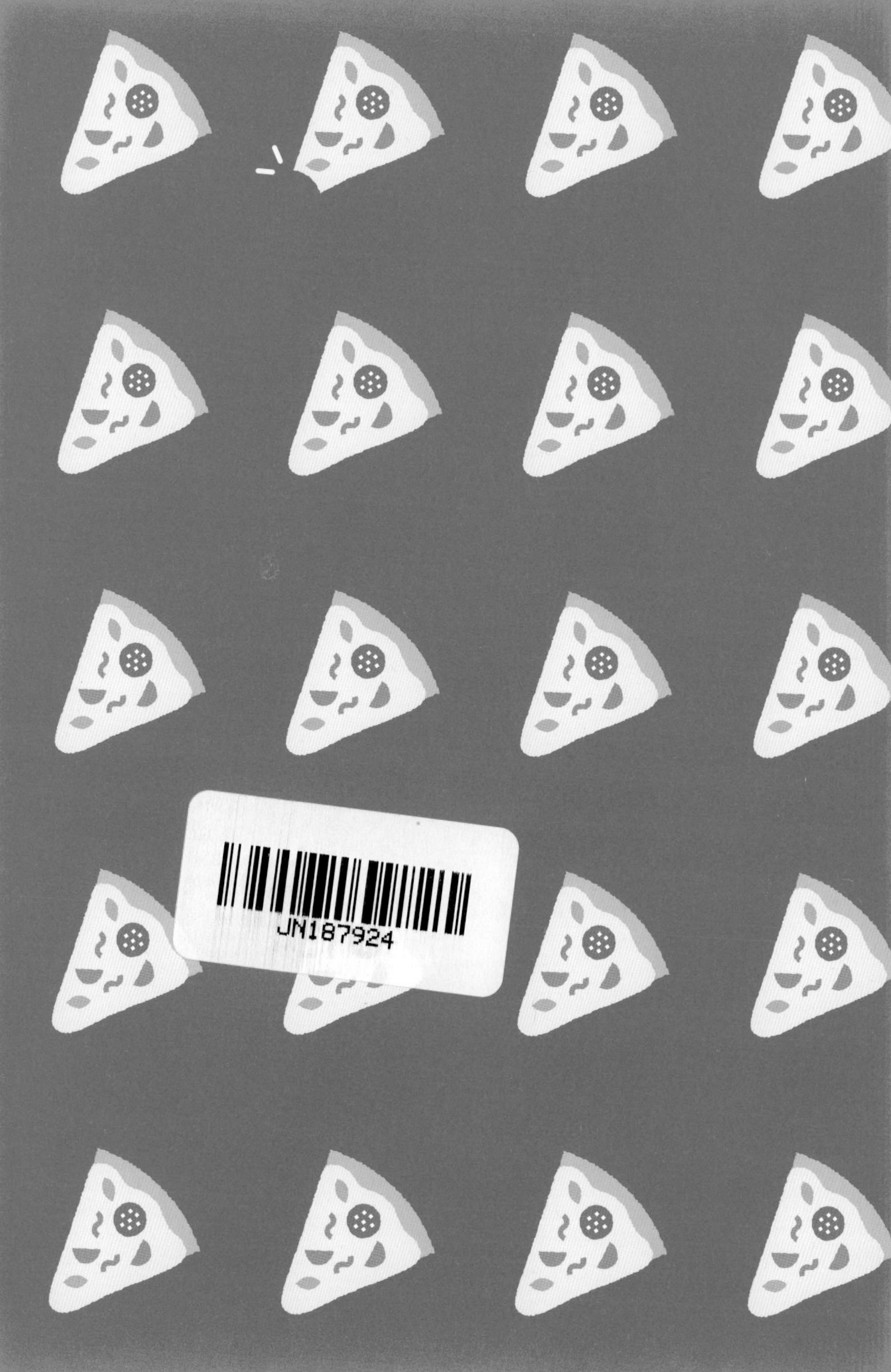

たべもののおはなし●ピザ

マルゲリータのまるちゃん

井上林子 作　かわかみたかこ 絵

講談社

ここは、ピザ村《むら》。

この子《こ》は、マルゲリータの、まるちゃん。

とっても、まあるいの。

それに、なんでも、力《ちから》いっぱいやるの。

さあ、力《ちから》いっぱいリボンをむすんで、力《ちから》いっぱいランドセルをせおって、力《ちから》いっぱい、ピザ小学校《しょうがっこう》へしゅっぱーつ！

1年ピザ組

まるちゃんのクラスは、一年《ねん》ピザ組《ぐみ》。

先生《せんせい》は、マリナーラ先生《せんせい》。

とってもやさしくて、ケーキのクリームみたいにすてきな先生《せんせい》です。

「ピザっ子《こ》ちゃんたち、おはよう。きょうもたのしい一日《いちにち》にしましょうね。」

「はーいっ！」

まるちゃんは、だれよりも力《ちから》いっぱい、へんじしました。

じゅぎょうがはじまりました。

マリナーラ先生《せんせい》が、黒板《こくばん》にもんだいを書《か》きます。

「このピザの上《うえ》には、何《なん》このプチトマトがありますか？

かぞえてみましょう。」

まるちゃんが、力《ちから》いっぱい、手《て》をあげていいました。

「はいっ、九こです！」

すると、カプリチョーザのカプリくんがいいました。

「ちがうぞ、十こだぞ！」

「そうだよ、十こだよ。」

「九こじゃないよ～。」

みんなも「十こ、十こ。」っていいます。

「十こっていったら、十こ。ぜったい、十こ！」

カプリくんが大声《おおごえ》でなんどもいうので、
まるちゃんも、力《ちから》いっぱい、いいかえしました。

「九こっていったら、九こ。ぜったい、ぜったい、
ぜったい、ぜーったい、九こ！」

「みんな、よおく見《み》て。」

マリナーラ先生《せんせい》が、黒板《こくばん》をゆびさします。

みんながさけびました。

「九こだー！」

なんと、ピザの上《うえ》には、九このプチトマトと、一このいちごがのっていたのです！

「みんな、プチトマトといちご、まちがえないようにね。」

みんなが「おお～。」と、まるちゃんを見《み》つめました。

「フン、なんだよ。」

カプリくんだけは、おもしろくなさそう。でも、となりのせきの、ペスカトーレのペスカちゃんが、

「まるちゃん、すごいねえ。」

っていってくれたから、まるちゃんは、にっこりしました。

もちろん、力《ちから》いっぱい。

さて、じゅぎょうがおわって、お昼《ひる》の「ピザの時間《じかん》」になりました。マリナーラ先生《せんせい》が、まあるいピザのきじを、みんなにくばります。

「やわらかーい。」

「もっちもち〜。」

「うきゃきゃ。」

みんな、まあるいきじをつついたり、ぐにゅってしたり、大《おお》さわぎ。

「さあ、みんな、今《いま》からおいしいピザを作《つく》りますよ。まずは、ピザのきじをこねましょう。」

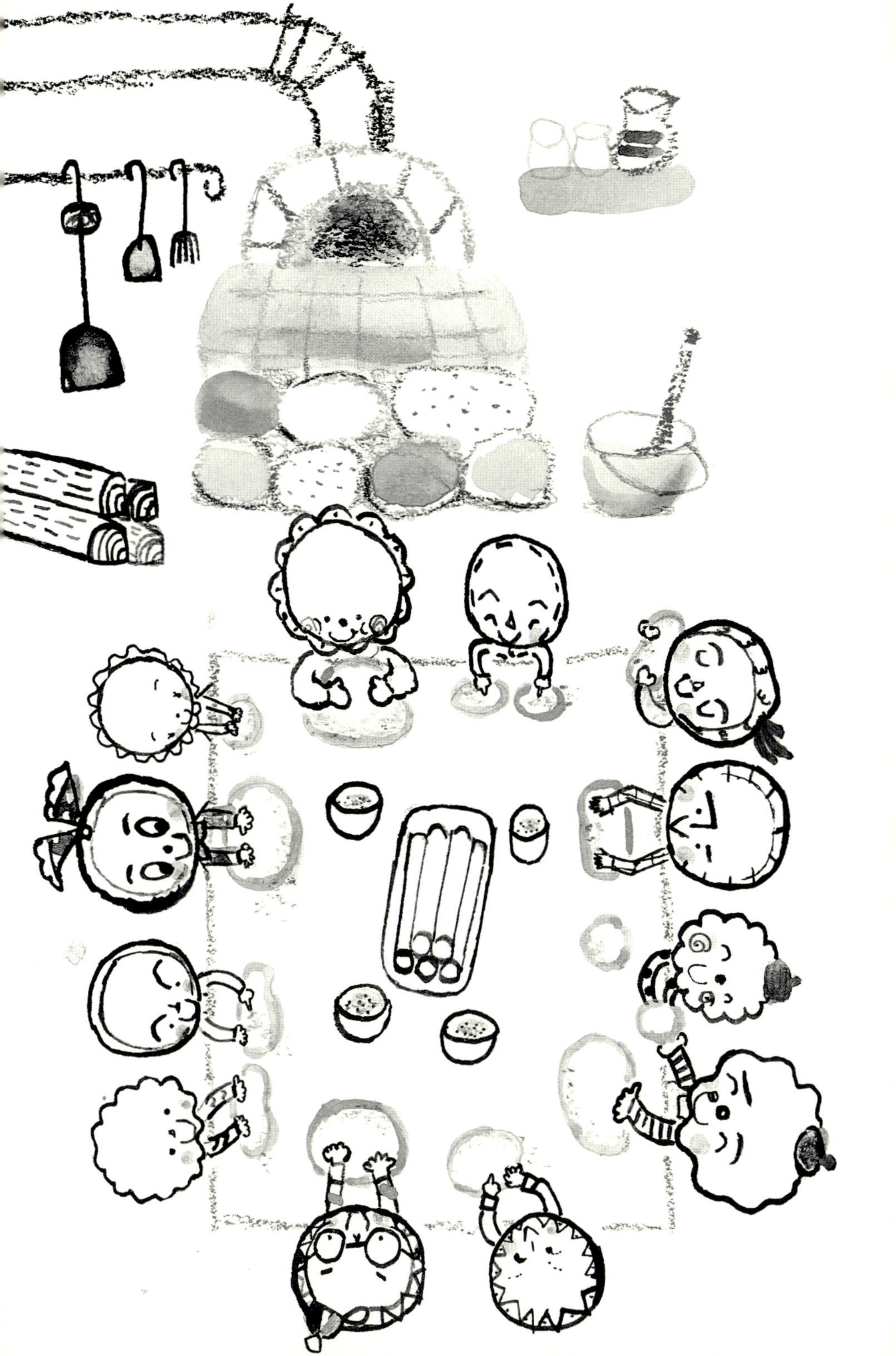

こね
こね
こーねこね
こね
こね

「つぎは、めんぼうで、ひらべったくのばしますよ。」

「つぎは、きじをまわして、広《ひろ》げますよ。」

まるちゃんも、力《ちから》いっぱい、まわします。

「まるちゃん、もう、いいんじゃない？」

ペスカちゃんが、ひやひや顔《がお》でとめます。

「まる、ちょっとまわしすぎじゃないか？」

カプリくんも、少《すこ》しあきれ顔《がお》。

「うん、ちょっと、まわしすぎちゃったかも。」

「さあ、つぎは、ピザのきじに、すきなソースをぬって、すきな具《ぐ》をのせますよ。」

マリナーラ先生《せんせい》が、トマトソースや、ハチミツソース、たくさんの具《ぐ》をならべます。

「わあい、あたし、トマトソース！」

まるちゃんは、ピザのきじに、たっぷりのトマトソースをぬって、チーズと、バジルのはっぱを、力《ちから》いっぱい、のせました。

みんなも、ピザの上《うえ》に、すきなソースをぬって、すきな具《ぐ》をのせていきます。

ぬりぬり　ぬりりん　パラ　パララン
トマトソースに、なにのせる？
ハムに、サラミに、ソーセージ
コーンに、ベーコン、ローストチキン
なすに、きのこに、ブロッコリー

えびに、サーモン、ムールがい
アスパラガスに、ズッキーニ
トマトに、パプリカ、プチトマト
しあげに、チーズをかけましょう

ぬりぬり　ぬりりん　パラ　パララン
ハチミツソースに、なにのせる？
りんごに、いちご、さくらんぼ
レモンに、オレンジ、ブルーベリー
なしに、いちじく、バナナ

マロン、マシュマロ、キャラメル
チョコに、くるみに、チョコクッキー
いちごと、プチトマト、まちがえないで
しあげに、クリームかけましょう

「それじゃあ、つぎは、石《いし》がまでやきますよ。」
マリナーラ先《せん》生《せい》が、あつあつの石《いし》がまに、
みんなのピザをならべていきます。

すると、カプリくんが、いじわるくいいました。

「おい、見《み》てみろよ。ペスカのピザ、ちっこいぞー！　プチトマトのへたしかのらないんじゃないか、キヒヒヒヒ。」

ペスカちゃんが「クスン。」となきだしました。

ポケットからハンカチをだして、なみだをふきます。

「ペスカちゃん、だいじょうぶ？」

まるちゃんは、ペスカちゃんをなぐさめました。

そして、カプリくんをおこりました。

「カプリくんのいじわる。フンガー！」

カプリくんもいいかえします。

「なんだよ、まるのピザも
へんなくせに。」
見《み》ると、たしかに、まるちゃんの
ピザはへんでした。なんと、
クルクルまわっていたのです！
みんなも、まるちゃんの
ピザを見《み》て、おどろきました。
「えー？」
「うそぉ？」
「なんで、まわってるの？」

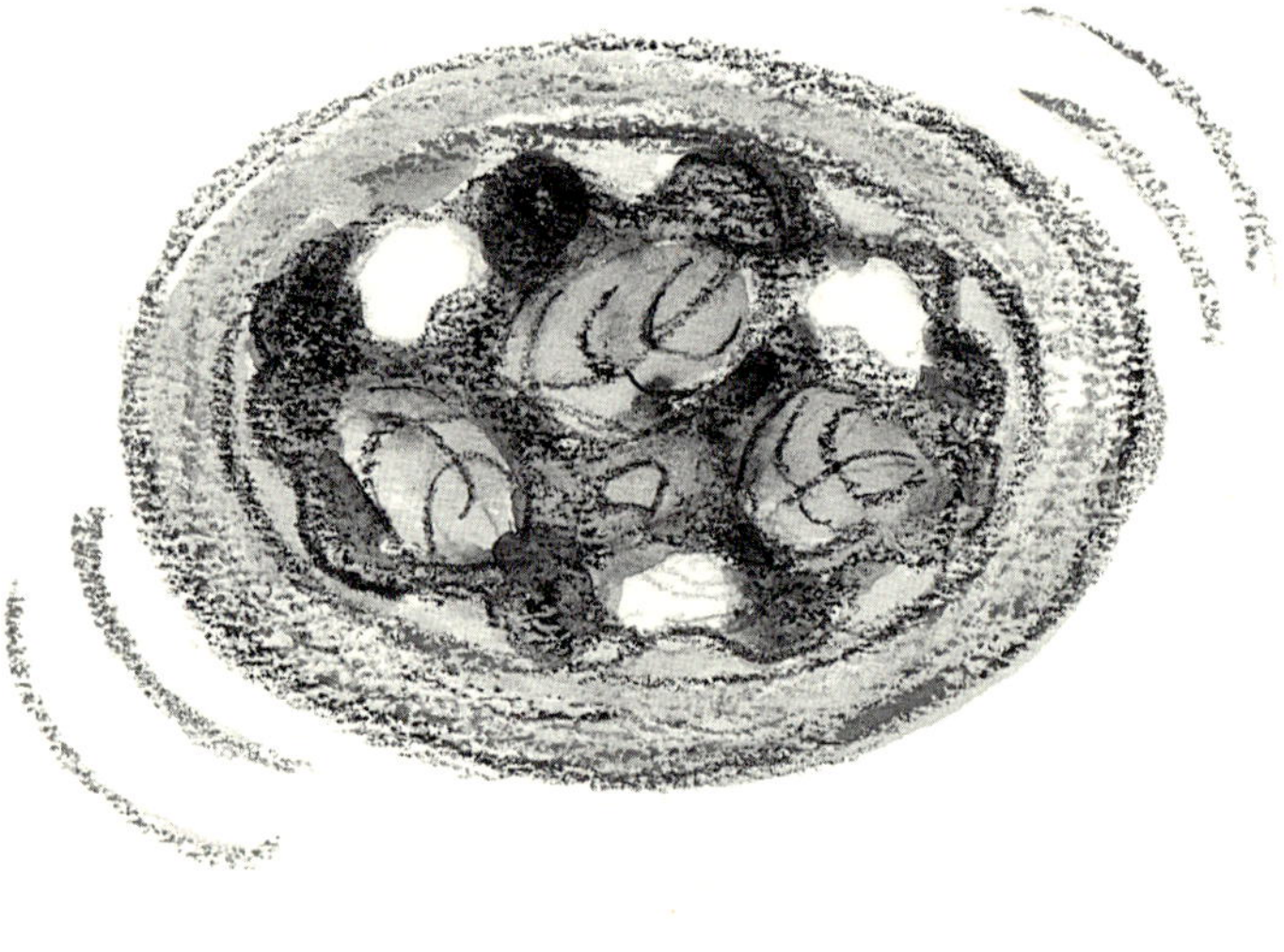

「まるのピザだけ、へーんなのっ！」

カプリくんが、またいじわるくいいました。でも、

「へんでも、きっとおいしいよ。だってあたし、
力《ちから》いっぱい作《つく》ったもん！」

まるちゃんは、きっぱりいいました。

カプリくんが「うー。」とうなりました。

そんなまるちゃんを見《み》て、

「まるちゃん、かっこいい。」

ペスカちゃんは、なみだをふきながら、
目《め》をきらめかせました。

「さあさあ、みんな、やけたわよ。」

マリナーラ先生《せんせい》が、石《いし》がまからみんなのピザをとりだして、おさらにならべていきます。

「おいしそー!」

「いいにお〜い。」

「今《いま》すぐ食《た》べたーい。」

まるちゃんのピザは、やっぱりクルクルまわっていました。だけど、チーズもとろんとしているし、はしっこもカリカリしているし、ふっくらしていて、とってもおいしそう。あつあつのトマトソースも、いいにおいです。

クルクルまわる、まるちゃんのピザが、
おさらにおかれました。

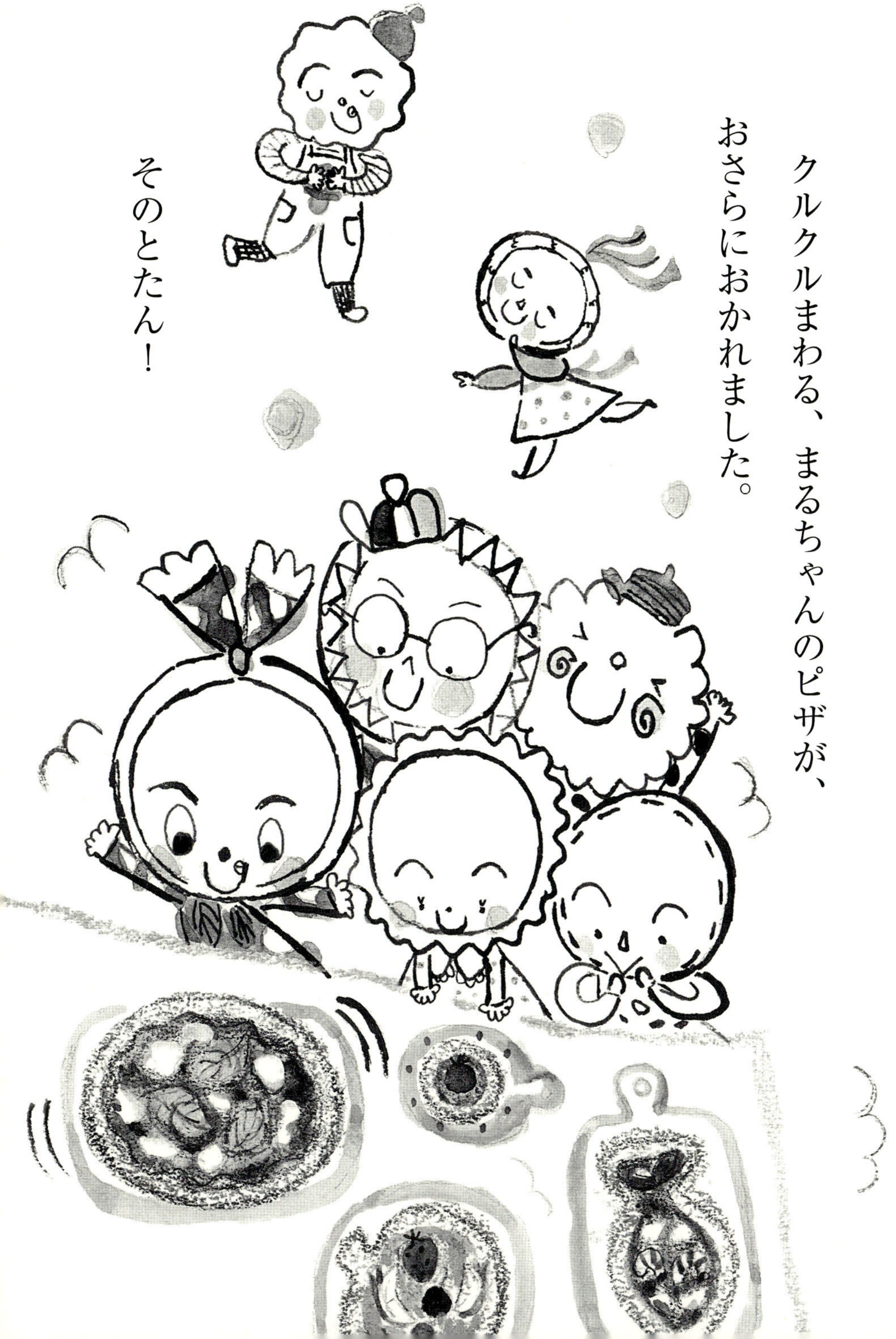

そのとたん！

グルグルグルグル　グルルルーン！

ピュー！

ピザが、あっというまに、
まどの外《そと》へとんでいって
しまいました！

いっしゅんのできごとでした。
まるちゃんも、ペスカちゃんも、
カプリくんも、マリナーラ先生《せんせい》も、
みんなも、ぽかんとしています。

「すんげー！」
一ばんにさけんだのは、
カプリくんでした。
「まるのピザ、
ユーフォーだったのかあ！」
さっきまで
いじわるだった
カプリくんが、
目《め》をかがやかせています。
だけどまるちゃんは、

ちっともうれしくありません。

「ピザが、とんでった……。」

「せっかく作《つく》ったのにね……。」

ペスカちゃんが、なぐさめてくれました。

マリナーラ先生《せんせい》も、はげましてくれました。

「まるちゃん、だいじょうぶよ。つぎは、とばないピザを作《つく》りましょうね。」

「うん。」

まるちゃんは、二まい目《め》のピザを作《つく》ることにしました。

さっきよりも、力《ちから》いっぱい、きじをこねます。

こねっ
こねっ
こねっ
こねっ！
こーねこねっ！

めんぼうで、力《ちから》いっぱい、のばします。

きじも、力《ちから》いっぱい、まわして広《ひろ》げます。

グルグルグルグルルルルルルグルグルグルグルく

「ま、まるちゃん、もういいんじゃない？」
　ペスカちゃんが、
また、ひやひや顔《がお》でとめます。
カプリくんも、またまたあきれ顔《がお》。
「まる、まわしすぎだぞ。」
「うん、また目《め》がまわっちゃった。」
　まるちゃんは、
少《すこ》しふらふらふらしながら、力《ちから》いっぱい
トマトソースをぬって、チーズをかけて、
バジルのはっぱをのせました。

マリナーラ先生《せんせい》が、また、
まるちゃんのピザを石《いし》がまに
入《い》れて、やいてくれました。
「こんどは、
とんでいきませんように。」
まるちゃんは、二まい目《め》の
ピザをじっと見《み》つめます。
チーズがとろんとしてきて、
はしっこもカリカリしてきて、
ふっくらおいしそうにやけてきました。

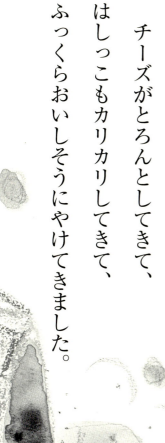

でも、でも、まるちゃんのピザは、またクルクルまわりだしたのです！

「うわあ、またまわってるよ。」

「またとぶんじゃない？」

「どうかなあ。」

みんなも、まるちゃんのピザをじっと見《み》つめます。

マリナーラ先生《せんせい》が、まるちゃんのピザを、そうっととりだして、そうっとおさらにのせました。

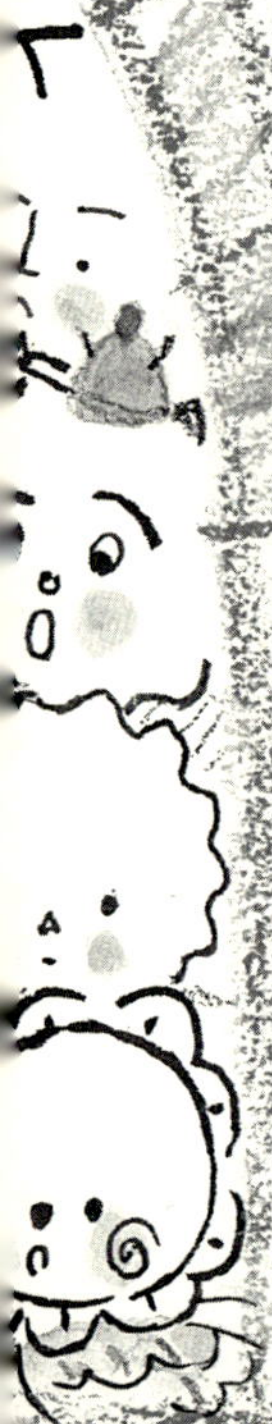

そのしゅんかん！

グルグルグルグル　グルルルーン！
ピュー！

まるちゃんのピザは、また、
あっというまに、まどの外《そと》へ
とんでいってしまいました！
まるちゃんも、ペスカちゃんも、
カプリくんも、マリナーラ先生《せんせい》も、
みんな、もう、なにがなんだか
わかりません。

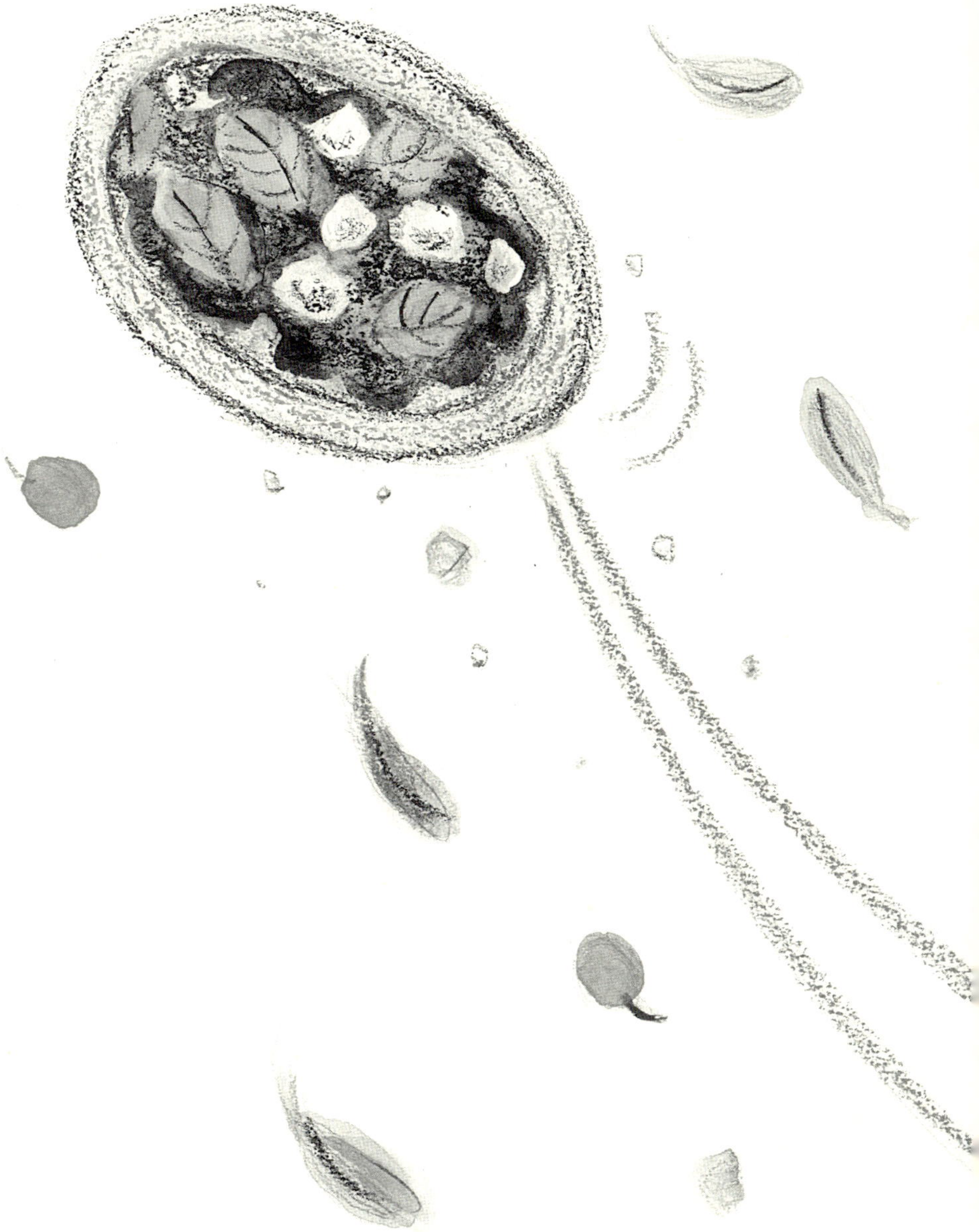

「あたしのピザが
とんでった……。うわーん!」
まるちゃんは、とうとう
なきだしてしまいました。
ぺこぺこのおなかも、
きゅーきゅーないています。
「まるちゃん、だいじょうぶ?」
ペスカちゃんが、クスンとなきました。
「ありがとう、ペスカちゃん。」
「いいよ、わたしのハンカチ、

大《おお》きいから、いっぱいないていいよ。クスン、クスン。」

「おいおい、ペスカまでなくなよ。また作《つく》ったらいいだろ。がんばれよ、まる。」

カプリくんがいいました。

「う、うん、そうだね、そうする。」

まるちゃんは、三まい目《め》のピザを作《つく》ることにしました。

「まるちゃん、がんばって！」

みんなが、まるちゃんをおうえんします。

まるちゃんは、こんどというこんどは、とばないピザを作《つく》ろうと、力《ちから》いっぱい、きじをこねました。

ごねっ！
ごねっ！
ごねっ！
ごーねごねっ！

めんぼうで、
力《ちから》いっぱい、のばします。

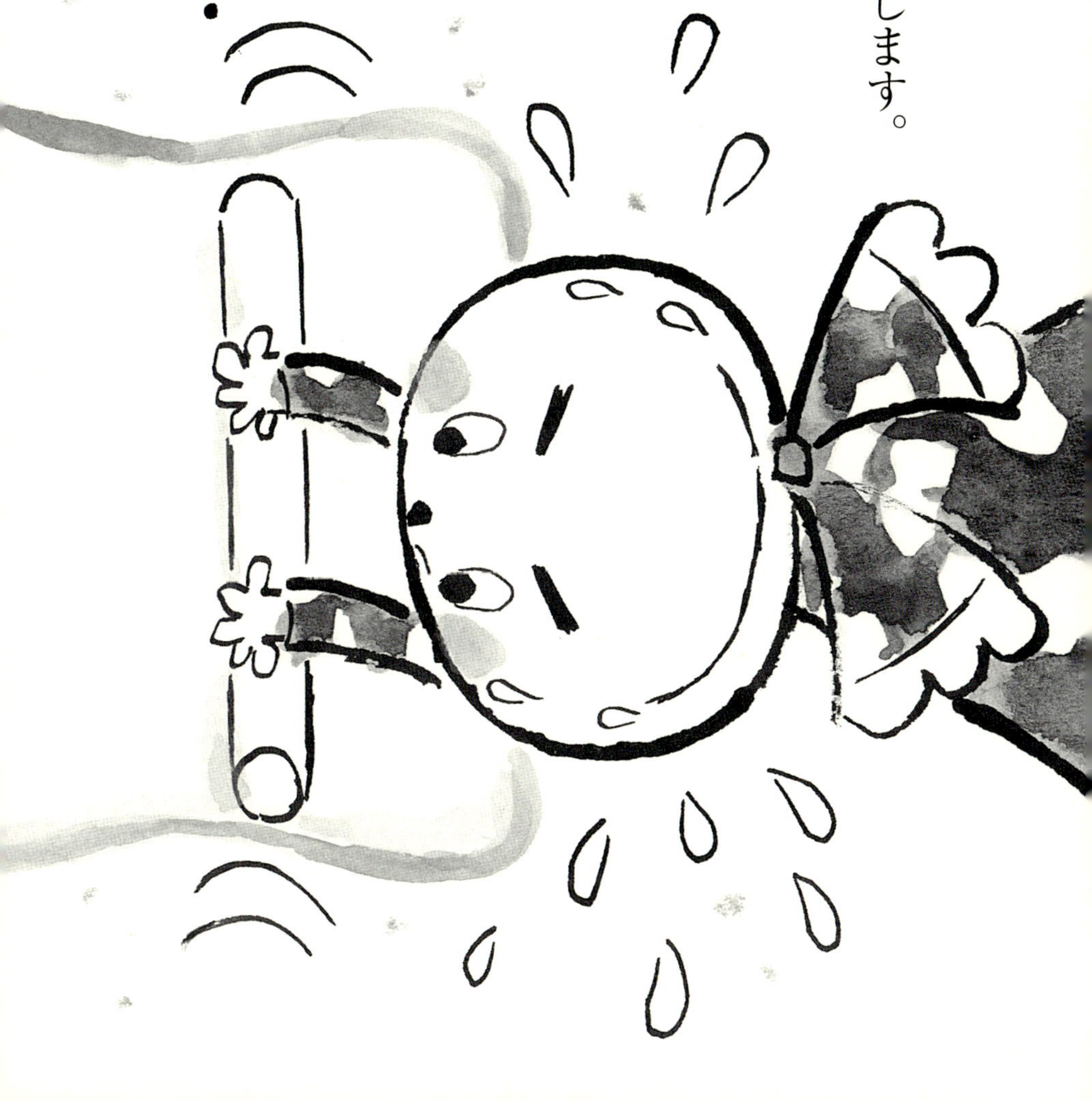
ゴロンッ！
ゴロンッ！
ゴロンッ！
ゴロンッ！
ゴーロゴロンッ！

きじも、力《ちから》いっぱい、まわして広《ひろ》げます。

ゴロゴロゴロゴロロロロロロ……!

「ま、ま、まるちゃん、もういいんじゃない？」

ペスカちゃんは、ピザがまわっているのか、まるちゃんがまわっているのか、わからなくなってきました。

カプリくんも、目《め》をまわしています。

「まる、そんなにまわすと、またとんじゃうぞ、もうやめとけ！」

「あーん、力《ちから》いっぱいまわしたら、とまらなくなっちゃった。」

それでもまるちゃんは、ふらふらしながら、ピザにトマトソースをぬって、チーズと、バジルのはっぱをのせました。

もちろん、力《ちから》いっぱい。

「さあ、もういちどやきましょう。」

マリナーラ先生《せんせい》が、まるちゃんのピザを石《いし》がまに入《い》れます。クラスのみんなが、まるちゃんのピザを見《み》つめます。

まるちゃんのピザが、ふっくらやけてきました。チーズもとろんとして、はしっこもカリカリしています。そして、なんと、なんと、こんどは、クルクルまわりませんでした！

「わお！」

「こんどは、だいじょうぶそうね。」

マリナーラ先生《せんせい》が、まるちゃんのピザをとりだしました。

「やっと、食《た》べられるわね。」

と、おさらにのせた、そのしゅんかん！

グルグルグルグル　グルルルーン!!

ピューッ!!

とつぜん、ピザがまわりだして、とんだのです！

「まって、あたしのピザ！」

まるちゃんは、ぱっと、フォークでピザをつかまえました。すると、ピザごと、ピューンと、まどからとんでいってしまいました！

ペスカちゃんも、カプリくんも、マリナーラ先生《せんせい》も、みんな、もう、びっくり。でも、ピザにつかまってとんでいったまるちゃんのほうが、もっとびっくりです。

「わーん、あたし、どこに、とんでいくのー?」

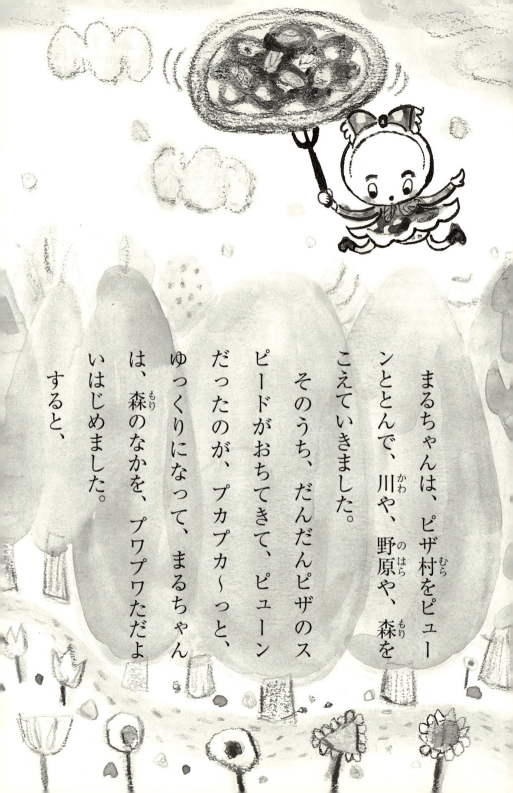

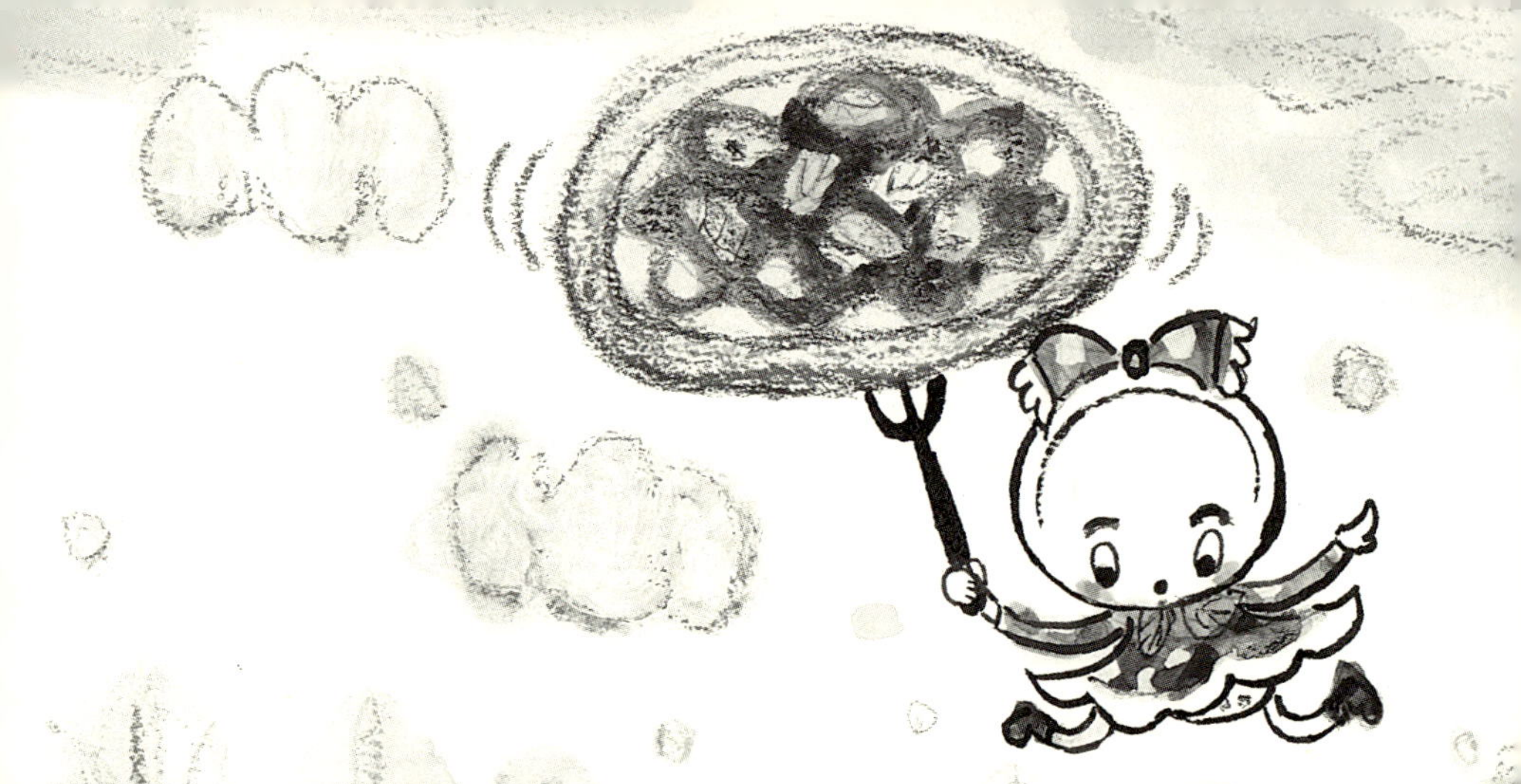

まるちゃんは、ピザ村《むら》をピューンととんで、川《かわ》や、野原《のはら》や、森《もり》をこえていきました。

そのうち、だんだんピザのスピードがおちてきて、ピューンだったのが、プカプカ～っと、ゆっくりになって、まるちゃんは、森《もり》のなかを、プワプワただよいはじめました。

すると、

「おいしい、おいしい。コンコン。」

森《もり》の家《いえ》から、だれかの声《こえ》が聞《き》こえてきました。まどをのぞいてみると、キツネのおばあさんが、ぱくぱくとピザを食《た》べているではありませんか。

たぶん、あれは、まるちゃんの一まい目《め》のピザじゃないでしょうか？

まるちゃんは、びっくりしてききました。

「こんにちは、そのピザ、どうしたの？」

すると、キツネのおばあさんがいいました。

「わたし、コンコンかぜをひいて、ずっとねこんでいたの。そしたら、ついさっき、ピュコーンと、まどからピザがとんできてね。食《た》べたら、もう、おいしくて、おいしくて……、ああ、おいしかった。」

キツネのおばあさんは、ピザをぜんぶ食《た》べてしまいました。

「えー！」

まるちゃんは、なきそうになりました。

でも、キツネのおばあさんは、まるちゃんのプワプワういているピザを見《み》て、にっこりわらいました。

「あなたのところにも、ピザがとんできたのね、よかったわねぇ。とってもおいしいわよ。かぜもすぐになおりそうだわ。」

まるちゃんは、なくのをこらえました。だって、キツネのおばあさんのかぜが、よくなるんだもの。

それは、とても、うれしいことだもの。

「おばあちゃん、おだいじにね……。」

まるちゃんは、キツネのおばあさんに手《て》をふって、プワプワとんでいきました。おなかが、きゅーっとなりました。

でも、プワプワとんでいるピザは食《た》べられません。だって、食《た》べたら、ピザ小学校《しょうがっこう》までかえれなくなってしまいますから。

「でも、おなかすいたなぁ。」

しばらくいくと、

「おいしい、おいしい、ブーブー。」

野原《のはら》の家《いえ》から、だれかの声《こえ》が聞《き》こえてきました。

にわをのぞいてみると、ちいさなコブタくんが、むしゃむ

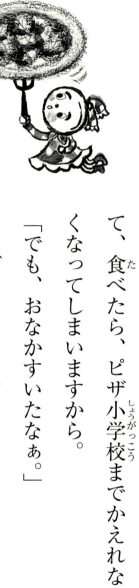

しゃとピザを食《た》べているではありませんか。たぶん、あれは、まるちゃんの二まい目《め》のピザじゃないでしょうか？

まるちゃんは、びっくりしてききました。

「こんにちは、そのピザ、どうしたの？」

するとちいさなコブタくんがいいました。

「ぼく、ママがかえってくるのをまってるの。でね、おなかがすいてたまらなかったの。そしたら、さっき、空《そら》からブヴーンってピザがとんできてね、食《た》べたら、すっごくおいしくて、おいしくて……、ああ、おいしかった！」

ちいさなコブタくんは、ピザをぜんぶ食《た》べてしまいました。

「えー！」

まるちゃんは、なきそうになりました。

でも、ちいさなコブタくんは、まるちゃんのプワプワういているピザを見《み》て、にっこりわらいました。

「おねえちゃんのところにも、ピザがとんできたんだね。よかったね。ぼく、ママがかえってくるまで、おるすばん、がんばる。」

まるちゃんは、なくのをこらえました。だって、おなかがすいた、ちいさなコブタくんが、おなかいっぱいになったんだもの。それは、とても、うれしいことだもの。

「きっと、もうすぐ、ママはかえってくるよ。」

まるちゃんは、ちいさなコブタくんに手《て》をふって、また、プワプワとんでいきました。おなかが、きゅーっとなりました。

でも、プワプワとんでいるピザは食《た》べられません。だって、食《た》べたら、ピザ小学校《しょうがっこう》までかえれなくなってしまいますから。

「でも、おなかすいたなぁ。」

そうして、また、しばらくいくと、

「ちゅー、ちゅー、ちゅー。」

川《かわ》のほうから、たくさんの声《こえ》が
聞《き》こえてきました。見《み》ると、
ネズミのかぞくがいました。

「おなかすいたよー。」

「つかれたよー。」

「ちゅ〜。」

ネズミの子《こ》どもたちが、ないています。

「こんにちは、どうしたの？」

すると、ネズミのお父《とう》さんとお母《かあ》さんが、かなしそうにいいました。

「わたしたち、このまえの大雨《おおあめ》で、家《いえ》がながされてしまったんです。子《こ》どもたちもおなかをすかせて、こまっているんです。」

まるちゃんは、プワプワういているピザを見《み》あげました。

さいごの、三まい目《め》のピザです……。

まるちゃんのおなかが、きゅーっとなりました。

でも、でも、まるちゃんは、さいごの三まい目《め》のピザを、ネズミのかぞくにあげました。

力《ちから》いっぱい、ぐいっと。

「これ、食《た》べて！」

「わあ、ピザだ！　いいの？」

「いいよ。」

「うれしー、ありがとう。」

「チーズ、だいすき。」

「おいち～！」

ネズミの子《こ》どもたちは、
大《おお》よろこび。ネズミの
お父《とう》さんとお母《かあ》さんも、
おいしくて、あたたかいピザを、
おなかいっぱい食《た》べました。

チーズの
とろんとしたところの、
やわらかいこと!
はしっこのカリカリした
ところの、こうばしいこと!

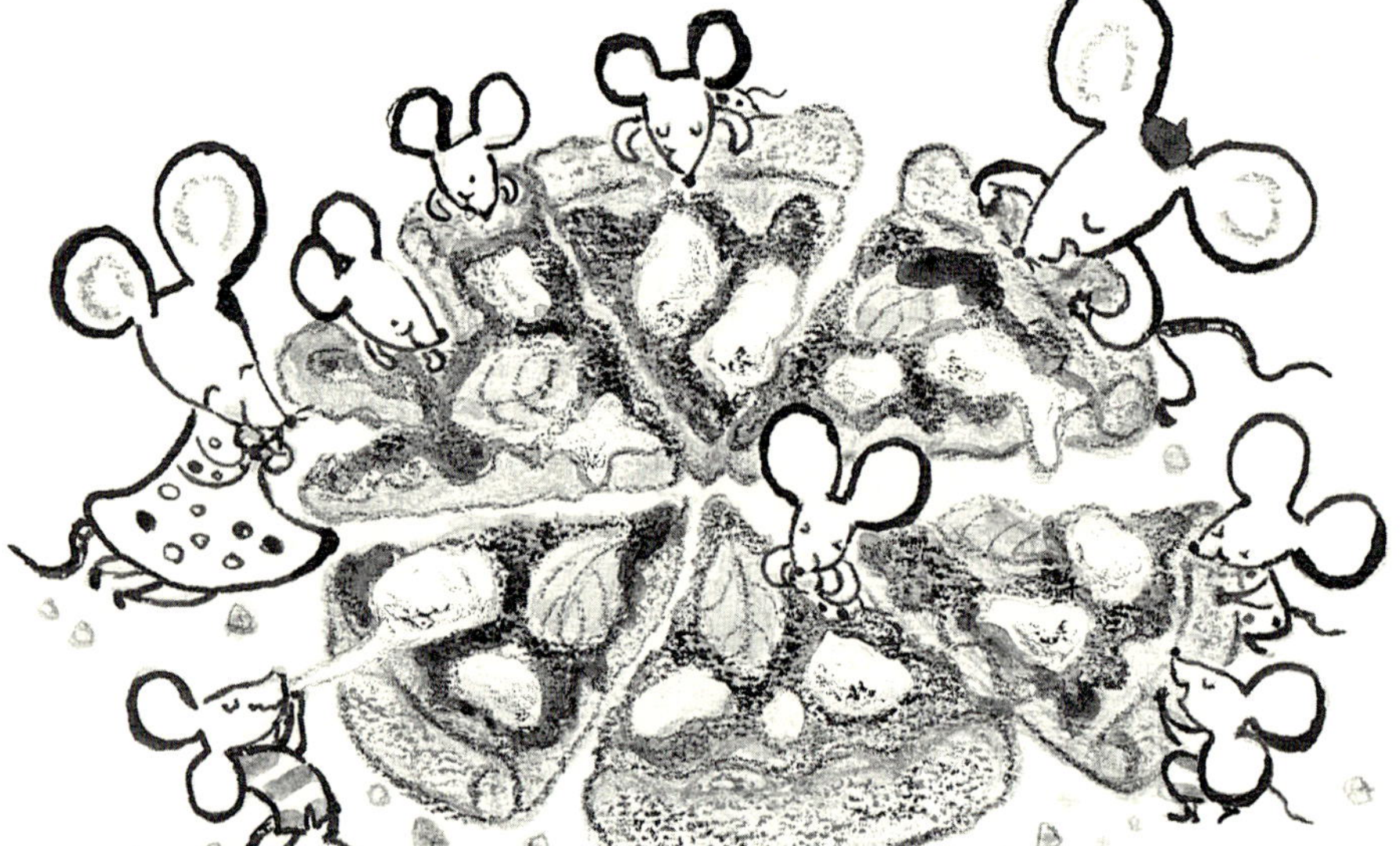

「ごちそうさま、
ありがとうございました。」
「わたしたち、ピザを
食《た》べてげんきになったので、
これから、みんなで
あたらしい家《いえ》を作《つく》ります。」
ネズミのかぞくが、
うれしそうに、にっこり
わらいました。子《こ》どもたちも、
もう、ないていません。

「みんな、げんきでね。」

まるちゃんは、ネズミのかぞくに手《て》をふりました。

おなかはぺこぺこだけど、心《こころ》はぽんぽんしています。

それは、とても、とても、うれしいことでした。

まるちゃんは、森《もり》を歩《ある》いていきました。

すると、どこからか声《こえ》が聞《き》こえてきました。

「おーい、まるちゃーん。」

「まるちゃん、どこー？」

「みんな！」
なんと、
ピザ小学校《しょうがっこう》のみんなが、
まるちゃんのことを
さがしにきてくれたのです。
「あ、まるちゃんだ！」
「おかえり、まるちゃーん。」
「よかった、かえってきて。」
「あ〜ん、まるちゃ〜ん。」
ペスカちゃんが、

とびついてきました。マリナーラ先生《せんせい》が、ぎゅっとだきしめてくれました。

まるちゃんは、みんなに、どんなすごいぼうけんをしたか話《はな》しました。そしたら、

「まるちゃん、すっごーいー！」

みんな目《め》をキラキラさせて、おどろきました。カプリくんも、にやりとわらって、いいました。

「まるのユーフォーピザ、サイコーだな！」

それから、一年《ねん》ピザ組《ぐみ》では、まるちゃんのすごいぼうけんをたたえて、ピザ・パーティーをひらきました。

みんなでたくさんのピザをやいて、たのしく、おいしく食《た》べたんだって。あ、教室《きょうしつ》のまどは、きっちりしめてね。

もちろん、まるちゃんは、力《ちから》いーっぱい食《た》べましたよ。

ピザのまめちしき

ピザがもっとおいしくなる
オマケのおはなし

マルゲリータ・ピッツァのおはなし

いまから百年《ねん》いじょうまえ、イタリアの南《みなみ》にあるナポリという町《まち》を、イタリアの王《おう》さまと女王《じょおう》さまがおとずれました。ナポリは、ピッツァがうまれた町《まち》です。

ふつう、王《おう》さまたちがやってきたら、ごうかな料理《りょうり》でもてなすものですが、この日《ひ》の食事《しょくじ》はピッツァでした。町《まち》の人《ひと》たちが食《た》べているピッツァをどうしても食《た》べてみたい、と女王《じょおう》さまが言《い》ったからです。

町《まち》でいちばんうでのいい職人《しょくにん》が作《つく》ったピッツァを食《た》べた女王《じょおう》さまは、大《おお》よろこび。

「まあ、おいしい。このピッツァは、なんというの？」

とたずねたところ、職人《しょくにん》はとっさに、

「もちろん、マルゲリータでございます。」

と答《こた》えたということです。マルゲリータというのは、女王《じょおう》さまの名前《なまえ》でした。

このときから、トマトとモッツァレラチーズ、バジルをのせたこのピッツァは「マルゲリータ」とよばれるようになりました。赤《あか》・白《しろ》・緑《みどり》の三色《しょく》は、イタリアの国旗《こっき》にもにていて、いまでも、ピッツァといえばまず、マルゲリータなのです。

いろいろなピザ（ピッツァ）

まえのページの話《はなし》を読《よ》んで、「あれ、なんでピザじゃなくて『ピッツァ』なの？」と思《おも》った人《ひと》もいるでしょう。じつは、イタリア語《ご》では「ピッツァ」というのです。マルゲリータ女王《じょおう》と同《おな》じころ、たくさんのイタリア人《じん》がアメリカにわたって、ピッツァが広《ひろ》まり、英語《えいご》で「ピザ」とよばれるようになりました。あとになって、それが日本《にっぽん》にもつたわったので、わたしたちは「ピザ」とよぶことが多《おお》いのです。

マルゲリータのほかにも、トマトでつくったソースを生地《きじ》にぬって、オリーブオイルをふった「マリナーラ」、魚《さかな》や貝《かい》をたくさんのせた「ペスカトーレ」など、いろいろな種類《しゅるい》のピザがあります。ちなみに「カプリチョーザ」は「気《き》まぐれ」という意味《いみ》なので、「シェフのおまかせピザ」ということです。あなたの好《す》きな食《た》べものをのせて、自分《じぶん》だけのカプリチョーザ・ピザを作《つく》ってみるのも楽《たの》しいかも？

井上林子｜いのうえりんこ

兵庫県生まれ。梅花女子大学児童文学科卒業。絵本の作品に『あたし いいこなの』（岩崎書店、第５回創作絵本コンテスト文部科学大臣奨励賞受賞）。児童文学作品に『宇宙のはてから宝物』（文研出版、第40回児童文芸新人賞受賞）、『ラブ・ウール100%』（フレーベル館）、『３人のパパとぼくたちの夏』『２分の１成人式』（ともに講談社）、「11歳のバースデー」シリーズ（くもん出版）がある。

かわかみたかこ

東京都生まれ。セツ・モードセミナー卒業。絵本や挿絵を中心に活躍中。おもな自作絵本の作品に『わたしのおへやりょこう』（フレーベル館）、『おはようミントくん』（偕成社）、『のびのびのーん』『こんばんはあおこさん』（ともにアリス館）、『ひかりのつぶちゃん』（ビリケン出版）、『みかんちゃん』（学研）など。絵を担当した作品に『ちいさなともだち』（片山令子・作、そうえん社）などがある。

装丁／望月志保（next door design）
本文DTP／脇田明日香
巻末コラム／編集部

たべもののおはなし　ピザ

マルゲリータのまるちゃん

2016年12月19日　第1刷発行
2020年 2月 3日　第2刷発行

作　井上林子《いのうえりんこ》
絵　かわかみたかこ
発行者　渡瀬昌彦
発行所　株式会社講談社
〒112-8001 東京都文京区音羽2-12-21
電話　編集 03-5395-3535　販売 03-5395-3625　業務 03-5395-3615
印刷所　豊国印刷株式会社
製本所　島田製本株式会社

N.D.C.913 79p 22cm
ISBN978-4-06-220349-4